François de Bressault

UN HIVER
DE PRUDENCE

© 2014, François De Bressau
Edition : BoD - Books on Demand
12/14 rond-point des Champs Elysées, 75008 Paris
Imprimé par Books on Demand GmbH, Norderstedt, Allemagne
ISBN : 9782322038640
Dépôt légal : octobre 2014

UN HIVER DE PRUDENCE

I.

La servante entra, qui apportait la lampe. Une sombre journée de Novembre s'achevait. Assis à son bureau Louis XV, Monsieur le Président du Tribunal ne regardait plus les dossiers rapportés du Palais : son regard suivait les flammes des bûches dans la grande cheminée de marbre noir du salon. Il se sentait bien et ne regrettait pas d'avoir préféré à une brillante carrière cette calme existence provinciale dans la belle demeure construite par ses ancêtres en 1746, au cœur de la petite cité angevine.

Bien sûr, la cour d'appel d'Angers l'avait tenté mais il faut savoir choisir et son épouse avait eu la sagesse de ne pas l'influencer ... Sans doute, elle aussi, aimait cette existence et surtout, l'été, les séjours campagnards dans le petit château de sa famille, à quelques lieux de la ville.

Et leurs enfants, un garçon de treize ans et demi et une fille de neuf ans, recevaient, l'un chez les Pères, l'autre aux Ursulines, une éducation conforme à leur milieu.

Évidemment, rien n'est parfait et le climat de ce début de siècle était alourdi par les rivalités entre les royalistes et les républicains, les cléricaux et les anticléricaux ! Mais, bien que prisant peu la république radicale, François d'Azé avait toujours su préserver son impartialité et garder des contacts amicaux avec ceux qui ne partageaient pas ses opinions. En ce moment, cependant, l'atmosphère devenait plus lourde, et l'anticléricalisme simpliste du gouvernement rendait plus difficile une sereine cohabitation ... Enfin, son optimisme naturel l'incitait à penser que rien de définitif n'arriverait avant longtemps, surtout ici, en Anjou, où l'on se méfie des excès ... Le temps fraîchissait. Le Président se leva de son bureau, s'approcha de la cheminée, et ajouta une grosse bûche ... À ce moment, il crut entendre la cloche du portail. Quelques instants plus tard, le domestique l'informait que Maître Bénard du Tertre demandait à être reçu.

Maître Bénard ... mais il l'avait vu au Palais cet après-midi ! Qu'y avait-il donc ?

- Entrez, mon cher Maître, et venez vous asseoir avec moi devant la cheminée, nous y serons mieux par ce temps sinistre. »

Maître Bénard du Tertre s'assit lourdement ; son physique correspondant parfaitement à l'image classique du notable radical : à près de cinquante ans, son visage coloré, que soulignait une barbe noire, indiquait, autant que son ventre avantageux, orné d'une lourde chaîne d'or, que les plaisirs de la terre ne le laissaient pas insensible. Adversaire, le plus souvent malheureux, du député conservateur, il était un membre très influent de la Franc-maçonnerie du département. Bien que ses relations personnelles avec le Président fussent bonnes (ils étaient tous deux anciens élèves des Jésuites), leurs rapports officiels étaient très discrets : cela rendait plus insolite encore cette visite vespérale ... que voulait-il donc ?

- Mon cher Président, si je me suis permis de venir vous voir en votre hôtel, c'est que je souhaite – dans le cadre de nos amicales relations – vous tenir informé, officieusement, de ce qui peut devenir une affaire délicate, surtout dans la situation actuelle ... Je ne voudrais pas, compte tenu de ma position politique et religieuse, que l'on pût penser que j'en veuille tirer un profit en ce domaine ... »

Il tournait sa chaîne de montre entre ses gros doigts et regardait le feu avec intensité. Le Président avait envie de lui demander d'en venir au fait, mais il connaissait assez son interlocuteur pour savoir que ce serait inutile...

- Vous m'intriguez, mon cher Maître, mais je vous remercie de votre confiance : soyez certain que tout restera entre nous ...

- J'en suis convaincu, sinon je ne serais pas ici : voici les faits. Hier, j'ai reçu de Monsieur Roulleau (l'importante entreprise de fers et charbons que vous connaissez ; mais, ce que vous savez peut-être moins, c'est qu'il occupe une place éminente chez les « Fils de la Lumière [1] ». Je dois donc le ménager, bien que sa vulgarité me déplaise) une lettre me demandant de recevoir son épouse pour une affaire importante. Il ne pouvait l'accompagner à cause de la signature à Nantes d'un contrat qui l'obligeait à y rester quelques jours ... Effectivement, je reçus, ce matin, la visite d'Eugénie Roulleau, aussi rigide dans sa

---

[1] Franc-Maçons.

robe noire ornée d'une croix d'argent bien visible, qu'une religieuse carmélite ... Son mari faisant profession d'athéisme, je pense que cette attitude d'austère religion leur permet de ne mécontenter aucune de leurs clientèles ! Enfin, passons ... Après des considérations générales sur le déclin des mœurs et la perversité de notre siècle, elle m'informa que son époux avait l'intention de porter plainte ... devinez contre qui ? Contre le Préfet de division du Collège des Pères ... pour mauvaises mœurs !

Je ne pus cacher ma surprise, comme parents d'élèves de ce collège, mon cher président, nous connaissons bien le Père de Saint Léger, certes jeune (trente-cinq ans, je crois), mais fort estimé de ses supérieurs.

Elle m'arrêta : « Ne vous fiez pas aux apparences ! Si mon fils Jules (qui n'a pas de secrets pour sa mère) ne s'était pas confié à moi dans toute la candeur de ses quatorze ans, je n'aurais jamais imaginé chose pareille ! Je ne l'imagine d'ailleurs pas ! Dieu merci, ces choses me sont inconnues ! Pervertir ainsi de petits êtres innocents et purs ... et un religieux ! »

J'eus du mal à l'arrêter, en lui demandant si elle avait des faits précis. Elle parut outrée « Vous voudriez que je vous raconte ces horreurs ! Non, il me suffit de savoir que mon petit Jules, si candide, ne peut presque plus travailler car il doit se défendre des assiduités du préfet ... qui, d'ailleurs, vexé sans doute de ne pas parvenir à ses fins, lui met de mauvaises notes, alors que Jules, peut-être moins brillant que certains, est la conscience même dans son travail ! »

Bref, impossible d'obtenir quelque chose de précis, sauf que la famille Roulleau voulait me confier le dossier, avec instruction de porter plainte auprès du Procureur ... Je parvins quand même à l'interroger sur l'attitude des autres élèves : se plaignaient-ils eux aussi du préfet ?

Madame Roulleau leva les yeux au ciel, le prenant à témoin de ma naïveté : « Tous ne sont pas aussi purs que Jules et certains recherchent sans doute ce que Jules refuse ! Leur silence ne veut rien dire ... »

Bref, seul Jules se plaint. Et pourquoi ? Est-il sincère ou essaie-t-il de justifier ses mauvaises notes en inventant une persécution dont sa vertu serait l'objet ? J'ai hésité avant d'accepter le dossier mais j'ai pensé qu'un confrère moins scrupuleux porterait plainte sans s'assurer de la réalité des accusations et risquerait de nuire gravement à un homme dont, jusqu'ici, personne ne met en doute l'honnêteté ... Qu'en pensez-vous, mon cher président ? »

Le président avait suivi avec attention le long exposé :

- Vous avez très bien fait d'accepter, et de m'en parler. Ce qui me frappe, c'est que Madame Roulleau admet que, seul, son Jules se plaint ! Bien sûr, les autres, tous les autres, à ses yeux, sont suspects ... Mais nous avons, vous et moi, à notre portée, une bonne source d'information : votre fils Henri, et mon Marc sont dans la même classe que Jules ... Je crois même que Marc se confesse au préfet. En les interrogeant, indirectement, bien sûr, peut-être comprendrons-nous mieux l'atmosphère de la division et le pourquoi des accusations de Jules ?

- Vous avez tout à fait raison et il me vient une pensée qui, je l'espère, ne vous choquera pas : Henri et Marc sont de beaux adolescents, avec tout le charme de leurs treize-quatorze ans, peut-être surtout votre fils, plus mûr ... et Jules, pour autant que je m'en souvienne pour l'avoir aperçu aux fêtes du collège, est aussi vulgaire que son père, et aussi dépourvu d'attraits que sa mère ! Le Père de Saint Léger est un artiste au goût très sûr ... Si, vraiment, il a les mœurs qu'on lui prête, il me semble que nos fils seraient plus exposés que Jules ... et cela m'étonnerait que nous n'ayons rien remarqué, même en tenant compte des insinuations perfides de Madame Roulleau !

- Je suis de votre avis. Je pense même inviter le préfet à dîner. Mon fils y sera : je verrai bien à leur comportement s'il y a quelque chose de louche et, aussi, connaissant mieux Saint Léger, j'aurai une vue plus sûre de la situation ... résumons-nous : essayons, par nos fils, discrètement, de nous éclairer ; je reçois le préfet et, en attendant vous dites que vous ne pouvez rien faire sans avoir vu son fils, cela gagnera du temps.

- D'autant que Madame Roulleau a paru gênée que je demande à voir son fils : ses affirmations ne suffisaient-elles pas ? Comme j'insistais, elle accepta, mais en sa présence : Jules, seul, serait trop intimidé et ne dirait rien ... Je pense, surtout, qu'en l'absence de ses parents il eût peut-être été plus sincère et cela m'amène à m'interroger sur les mobiles de Madame Roulleau : veut-elle, à l'occasion d'un scandale, faire parler d'elle, ou Monsieur Roulleau vise-t-il la présidence du Conseil Général et pense que les plus extrémistes des radicaux lui sauraient gré de ce coup porté à la calotte ! Voyez-vous, cher ami, vous et moi, bien que d'opinions différentes, avons le même respect de la chose publique ... Il semblerait que nous soyons vieux jeu ! »

Le président sourit : « Sans doute, mais nous ne souhaitons pas changer, n'est-ce pas ? » Il reconduisit son visiteur jusqu'au portail : « Merci encore de votre confiance, je ne l'oublierai pas ... »

II.

Rentré au salon, assis près du feu, le président essayait de comprendre. La confiance que lui témoignait Maître Bénard du Tertre était-elle sans arrière-pensée ? Cette histoire lui semblait étrange. Que l'avocat soit réticent devant les allégations de Madame Roulleau, cela ne le surprenait pas : c'était un bon juriste et un homme politique prudent : s'engager dans une affaire qui pourrait tourner à la confusion des plaignants n'était pas dans ses habitudes ... Mais pourquoi venir aussitôt lui en parler ? Pour établir sa bonne foi, ou pour obliger le Président à partager un secret ? On verrait bien, mais on pouvait toujours tenter de se renseigner ... Il sonna et demanda au valet de prévenir Monsieur Marc, dès son retour, que son père le demandait.

Marc revenait du collège avec Henri, comme presque chaque jour, leur trajet étant commun jusqu'à la Place du Palais. À peu près de même taille, plutôt petits pour leur âge (près de quatorze ans pour Marc et juste treize pour Henri qui faisait encore très enfant), Marc était très blond et Henri très brun ; le premier était le meilleur de sa classe en latin-grec, le second en sciences.

On pardonnait au premier sa dissipation à cause de sa gentillesse et de sa gaieté, mais on préférait peut-être le calme et le sérieux du second ... Ce soir, ils étaient joyeux : demain, ils n'auraient qu'une matinée de classe !

- Père, vous m'avez demandé ? » Marc était surpris, vaguement inquiet : lorsque son père l'appelait dans son bureau, c'était d'ordinaire pour le sermonner, voire pour le fouetter ... Il pensait, pourtant, n'avoir rien fait de mal et ses notes étaient très bonnes ...

- Je voudrais te féliciter pour tes notes en français, aussi bonnes qu'en latin : c'est très bien, mon fils, tu seras un bon magistrat. Le style, au Palais, est important : regarde le Code Civil, comme il est bien rédigé ! Quand tes notes de conduite vaudront celles-là, tu seras parfait ... Enfin, tu as fait un effort : le préfet est-il content de toi ? »

L'enfant sourit :

- Le Père Préfet est rarement content d'un élève, mais il ne m'a pas fait d'observations, c'est déjà beaucoup pour aujourd'hui ...

- Il est sévère ?

- Oui, mais il est juste, je pense ... Il fait respecter les règles, mais il ne tend pas de piège et, contrairement à certains de ses confrères, il ne dramatise pas nos bêtises de gamins ... Ce n'est pas parce qu'il vous donnera le fouet qu'il vous considèrera comme un réprouvé ! Non, finalement, il est bien ...

- Tu me donnes envie de le mieux connaître : prie-le à dîner un soir, à sa convenance, par exemple à la fin de la semaine, je n'ai pas d'obligations à ce moment. Maintenant, laisse-moi, j'ai un dossier à finir d'étudier. »

III.

Revenu dans sa chambre, Marc s'interrogea : pourquoi son père voulait-il maintenant rencontrer le Préfet, alors que depuis deux ans l'enfant était sous son autorité et qu'il n'y avait jamais songé ? Le Père Supérieur était reçu régulièrement, mais pas le Préfet ! Marc connaissait trop son père pour imaginer qu'il ait pu céder à une soudaine impulsion ... D'ailleurs, le faire venir pour le féliciter de notes connues depuis plusieurs jours était étrange : n'était-ce pas un prétexte pour le faire parler ? Marc avait été prudent, mais cela le troublait.

Il le fut davantage quand, le lendemain, Henri lui dit que son père l'avait interrogé sur ses rapports avec le préfet, et, aussi, avec Jules Roulleau... Ce qui donnait à penser ... car Jules détestait, de notoriété publique, le Père de Saint-Léger, qu'il trouvait arrogant et prétentieux ! Henri rappela à Marc (qui, sur l'instant, n'y avait pas attaché d'importance) que Jules avait assuré, devant ses camarades, que le Père aurait bientôt des histoires et ne resterait pas au collège.

Les deux garçons convinrent d'ouvrir l'œil : il y avait du Roulleau là-dessous !

Marc transmettrait l'invitation au préfet, mais rien ne l'empêchait de demander, innocemment, au Père, si ce que disait Jules était vrai, et s'il allait bientôt quitter le collège ? Il serait ainsi sur ses gardes. Car les rapports de Marc et du Préfet n'étaient pas seulement ceux évoqués par l'enfant devant son père : leur amitié durait depuis l'été précédent et avait curieusement débuté.

IV.

Tout venait d'une gaminerie de Marc, en Juin dernier. Pour jouer un tour au professeur d'histoire naturelle, dont les cours l'ennuyaient, il avait eu l'idée de s'emparer du squelette du laboratoire et de le suspendre, pendant la récréation, à l'escalier qui desservait les classes ... Cela avait entraîné un chahut : Marc savait bien qu'on le soupçonnerait, mais il n'y voyait qu'une farce, et ne pensait pas que l'on prendrait cela au sérieux. Il en serait quitte pour une punition de plus ! Aussi n'avait-il pas attaché trop d'importance à l'avertissement du Préfet lui disant, à la récréation du soir, qu'il avait été dénoncé au Supérieur (par qui ?) ... Il ne s'inquiéta vraiment qu'en étant appelé, pendant l'étude, chez le préfet. Le Père ne le rassura pas, en lui disant que, contrairement à ce qu'il prévoyait, le Supérieur ne considérait pas cela comme une gaminerie, mais y voyait une dérision de la mort et presque un sacrilège ! Et, la pendaison du squelette ayant eu lieu devant les élèves, c'était une atteinte impardonnable à la discipline du collège, qui méritait donc un châtiment public : il avait décidé que l'enfant serait fouetté devant toute la division ! Marc était atterré, au bord des larmes …

- Non, ce n'est pas possible, toute la ville le saura et mon père ne me le pardonnera pas ! Non … Je reconnais que j'ai mérité le fouet, même sévère, mais pas une fessée publique ! Depuis six ans que je suis au Collège, cette punition n'a été donnée qu'une fois, et pour un élève qui avait jeté un encrier à la tête d'un professeur ! Ce que j'ai fait n'a rien à voir : c'était idiot, d'accord, mais pas méchant ; cela ne mérite tout de même pas d'être fouetté en public … Je vous en prie, mon Père, sauvez-moi : fouettez-moi jusqu'au sang si vous voulez, mais pas en public !

- Mon pauvre Marc, » le Père l'attira sur ses genoux « tu penses bien que j'ai essayé de convaincre le Supérieur, mais je ne vois pas ce que je pourrais faire de plus … » Il réfléchissait …

- J'ai trouvé, je crois, un argument qui fera fléchir le supérieur, mais tu seras aussi sévèrement fouetté que si tu l'aurais été en public … Tu es d'accord ? » Il l'était.

- Viens demain à la même heure, je te le confirmerai … »

Le lendemain, le Préfet expliqua avoir convaincu le Supérieur qu'une fessée publique, au moment où le Collège était attaqué par les laïcs, attirerait fâcheusement l'attention ... Mieux valait punir plus discrètement...

Le Supérieur avait finalement accepté, mais exigé une très sévère punition, et le préfet avait dû s'engager à lui administrer cinquante coups de fouet. Marc devait comprendre que le Père ne pouvait manquer à sa parole ... L'enfant l'admit, de même qu'il ne put qu'accepter l'autre exigence du Supérieur : que le lendemain, à la lecture des notes, la punition soit prononcée devant toute la division : l'offense ayant été publique, le châtiment ne l'étant pas, son annonce devait l'être ! L'enfant remercia : l'essentiel était d'éviter la fessée publique, il n'avait jamais pensé n'être pas puni !

La lecture des notes fut pénible : le Père Supérieur, après avoir rappelé sa faute, dit à Marc :

- Vous avez mérité le fouet, et, l'offense ayant été publique, il devrait vous être administré devant vos camarades ... Cependant, le Père Préfet m'a assuré que vous aviez agi par gaminerie et que vous n'aviez pas eu l'intention de manquer de respect aux restes d'une créature de Dieu. De plus, bien que souvent dissipé, vous êtes le meilleure élève de votre classe ... Je vous ferai donc la grâce de vous faire donner le fouet en privé, par le Père Préfet : mais vous recevrez cinquante coups ... Avez-vous quelque chose à dire ? »

L'enfant dit simplement :

- Je vous remercie, Monsieur le Supérieur. »

Le soir, entrant chez le Préfet, l'enfant eût tout de même bien voulu être ailleurs : ce n'était pas la première fois, bien sûr qu'il était fouetté, au collège ou à la maison, mais le fouet du collège était plus qu'un martinet : c'était un véritable « chat à neuf queues » : on ne dépassait jamais vingt coups, ce qui était déjà dur à supporter ... alors, cinquante ! Il ferait l'impossible pour ne pas crier ni supplier, mais ce serait sans doute plus fort que lui ... Au moins, il n'aurait pas l'humiliation que ce soit devant ses camarades !

Les premiers coups confirmèrent les craintes de l'enfant : on ne le ménageait pas et les lanières de cuir tressé mordaient cruellement sa peau. Au vingtième, il parvenait encore à se taire. Mais au trentième, il cria, et au quarantième il suppliait : « Arrêtez, je vous en prie, je n'en peux plus ! » Il demandait pardon, comme un petit enfant, promettait de ne jamais recommencer ... Toute fierté l'avait abandonné, il était vaincu, totalement !

Pour le remettre, on lui servit un peu de porto, en disant :

- Tu ne vas pas rentrer en étude, pour qu'on te voie dans cet état ! Rentre chez toi directement ; d'ailleurs, il est presque l'heure de la sortie. Je vais te raccompagner jusqu'au pont pour être sûr que tu peux marcher normalement ... tu peux te tenir debout ? »

Marc ne se rappelait même pas comment il était sorti du collège : il se souvenait de s'être accroché au bras du Préfet car il ne se sentait pas sûr de lui ... Puis, il avait retrouvé ses forces et était rentré seul chez lui depuis le pont. En arrivant, il avait dit à la servante qu'il avait un travail à faire et qu'on ne le dérange pas.

Sitôt dans sa chambre, il se dévêtit entièrement et, après avoir contemplé dans la glace son derrière zébré des marques du fouet, il s'allongea à plat ventre sur le lit, au-dessus des draps : sa peau à vif ne supportait rien. Heureusement, il faisait chaud. La douleur s'apaisait et, bizarrement, il ressentait un étrange bien-être ... Il se sentait très las ...

Henri l'avait abordé après la lecture des notes :

- Cinquante coups, ils sont fous ! Crois-tu que si je leur disais t'avoir aidé, ils diminueraient ta peine ? »

Marc l'avait arrêté :

- Ne dis rien, cela ne changerait rien. Ne t'inquiète pas, mais passe me voir, ce soir, à la maison, je te raconterai. »

Lorsque Henri se présenta, la servante voulut l'arrêter :

- Monsieur Marc a du travail et ne veut pas être dérangé.

- Ne vous inquiétez pas, c'est justement pour ce travail que je viens le voir.

- Entre, et ferme la porte. »

Henri regardait, surpris, son ami étendu nu sur le lit.

- J'ai encore mal, c'est pour cela que je reste sur le ventre ... Viens près de moi. »

Henri s'approcha et contempla les fesses marquées par le fouet.

- Pauvre ami, comme tu dois avoir mal ! » Il s'apprêtait à donner un baiser sur la peau à vif, mais Marc l'arrêta :

- Non, je t'en prie, tu me ferais mal ... Mais, » ajouta-t-il en souriant, « Fais-moi un baiser entre les fesses : là, je n'ai pas été fouetté. » Henri s'exécuta et, quand il revint près du visage de son ami, celui-ci ne put ignorer que cette caresse ne l'avait pas laissé insensible.

- Cela t'a fait bander ? » Marc dégrafa la ceinture du gamin et libéra un sexe encore enfantin, mais déjà dressé ... « Viens plus près ... » Il eut bientôt la preuve que cela n'avait pas déplu à Henri ... « Désormais, nous sommes vraiment amis ! Tu vois, cela me console de ma correction : sans elle, je n'aurais jamais osé ! »

V.

Le dîner chez le Président se passa fort bien. La conversation fut surtout politique – le Préfet approuvant toutes les opinions du Président – et religieuse : ici le Préfet fit la conquête de la Présidente en déplorant l'actuelle décadence des mœurs !

On parla aussi d'éducation et le Père crut bon de féliciter les parents de l'éducation donnée à Marc, et aussi à Caroline, s'il en jugeait sur sa tenue à table. Le Président convint qu'il était exigeant à cet égard et se souvenait du verset de la Bible : *« Qui épargne le fouet à son fils ne l'aime pas »*. Le Préfet approuva hautement, et se félicita que le collège eût gardé la pratique des châtiments corporels ...

Bref, ce fut un dîner très réussi, de surcroit excellent, servi avec la belle argenterie armoriée par un jeune valet promu, pour l'occasion, maître d'hôtel. Il n'y eut qu'un moment où l'enfant se sentit mal à l'aise : quand sa mère s'étonna de ce que les Roulleau aient confié leur fils à un établissement congrégationniste alors que, de notoriété publique, Monsieur Roulleau était anticlérical et ne rêvait que de l'expulsion des Pères !

- Notre Supérieur pourrait vous répondre avec plus d'autorité que moi, mais je pense que c'est à cause de Madame Roulleau, qui est du dernier bien avec l'archiprêtre de Saint Jean...

- Croyez-vous vraiment, insista le Président, que Jules – je crois que c'est son nom – soit à sa place parmi vos élèves ? »

Saint-Léger leva les yeux au ciel :

- Mon silence sera ma réponse ... Mais ce qui me chagrine, en tant que Préfet, c'est que son Père n'admet pas les châtiments corporels pour son « adorable » fils ! Vous savez que je suis aussi professeur de grec. Un jour qu'il avait remis une page blanche au lieu de son devoir - il est mauvais élève, sauf en calcul, ce qui ne vous étonnera pas ... c'est sans doute héréditaire ... - je lui donnai une fessée, pas grand 'chose, quelques coups sur les fesses, comme vous pourriez le faire vous-même, je pense : il en fit toute une histoire. Le lendemain, son père fit une scène au Supérieur, qui le remit à sa place... mais me fit dire de ne plus employer ces méthodes avec Jules ! Je le laisse donc à son ignorance ... je ne vois d'ailleurs pas à quoi lui servirait le grec dans le commerce des ferrailles ! »

Cela fit rire tout le monde et l'enfant crut pouvoir ajouter :

- L'ennui, avec lui, c'est qu'il est vulgaire et emploie des gros mots que je ne comprends même pas ! »

Un dîner très réussi ...

VI.

Le lendemain, au Palais, le Président mit Maître Bénard du Tertre au courant de ses contacts avec le Préfet :

- À mon avis, il n'y a rien d'autre qu'une animosité des Roulleau envers le Préfet, qui m'a paru fort bien ... Je puis vous dire, car le nom d'Henri est venu dans la conversation, qu'il le considère comme un élève très sérieux... Il vous tient, vous-même, en haute estime, bien que ses opinions soient beaucoup plus conservatrices que les vôtres !

- Attendons d'entendre Jules : la famille doit venir demain à mon cabinet. Je ferai tout pour les dissuader de se fourvoyer dans cette histoire ridicule ! »

Le jour suivant, Monsieur et Madame Roulleau, encadrant le jeune Jules, entraient dans le cabinet de l'avocat, belle pièce meublée de style Empire avec un vaste bureau richement orné de bronzes .... Visiblement, ces bronzes intéressaient Monsieur Roulleau : il en estimait le prix ...

Ce fut Madame Roulleau qui prit la parole en premier :

- Mon chéri, tu es devant un ami, tu peux tout dire : raconte-lui comment le Préfet s'est comporté avec toi ; sois, tranquille, cela restera entre nous ... »

Jules avait l'air mal à l'aise. Visiblement, la présence de l'avocat lui faisait prendre conscience qu'il ne pouvait dire n'importe quoi ...

- Le Préfet ne m'aime pas parce que je ne suis pas un bon élève – dit-il ! - en lettres. Un jour, je n'avais pas compris qu'il fallait faire une version. Il s'est fâché, m'a fait venir chez lui et a voulu me donner une fessée ; or, mon père ne veut pas que les professeurs me touchent ... »

Monsieur Roulleau approuva :

- C'est contraire à la dignité de l'enfant... nous sommes en république, que diable ! »

Jules poursuivit :

- Malgré mes protestations, il me déculotta et ... » Il s'arrêta.

- Continue, » intervint sa mère.

- Comme je me débattais sur ses genoux, il m'attrapa … » Jules baissa la tête, et continua à voix plus basse : « Il releva complètement ma chemise et me fessa sur le derrière nu … »

Maître Bénard hocha la tête :

- Je comprends parfaitement … Mais cette pratique est celle qu'emploient, avec des enfants rebelles, d'honnêtes pères de famille, sans penser à mal…

- Maître, il s'agit d'un éducateur et Jules n'est pas son fils ! » La voix de Monsieur Roulleau devenait suraiguë, « De telles pratiques … comment pouvez-vous défendre cet individu !

- Je ne le défends pas, je relativise ce que, je le comprends parfaitement, votre fils a dû ressentir comme une offense à sa pudeur de jeune garçon … Encore que le fait de relever la chemise a pu être fortuit … Mais vous m'avez parlé d'autres victimes du Préfet … Jules pourrait-il être plus précis ?

- Ce ne sont pas des victimes ! » L'enfant avait retrouvé son assurance, voyant que ses accusations portaient, « Certains élèves – les meilleurs, naturellement, les « chouchous » du Préfet – l'ont choisi comme confesseur et l'on sait bien qu'ils ne vont pas chez lui uniquement pour se confesser ! »

L'avocat l'arrêta :

- Qui, « ILS » ?

- Ben ... les autres ...

- Pourrait-on recueillir leur témoignage ?

- Pensez-vous, ils auraient trop peur de se compromettre et de passer pour des cafards ! »

Maître Bénard respira : il ne se voyait pas quêtant des témoignages dans tout le collège !

- Et les « chouchous », qui est-ce ? Donnez-moi des noms ... »

Jules regarda sa mère ...

- Je ne peux vraiment pas, ils le sauront, et me feront une vie impossible ! »

Madame Roulleau vint à son secours :

- Bien sûr, le pauvre petit, qu'il ne peut rien dire ... c'est à vous de les trouver et vous n'aurez pas à chercher bien loin ... » acheva-t-elle d'un air pincé ...

- Que voulez-vous dire, chère Madame. » L'avocat commençait à penser qu'on se moquait de lui.

- Rien ! Vous le découvrirez assez tôt... »

Maître Bénard se contint : il avait une furieuse envie de refuser le dossier, mais sentait que l'affaire était piégée, et qu'on ne visait pas seulement le Préfet. Mieux valait en garder le contrôle ...

Il se leva :

- Je vais étudier le dossier, à la lumière de ce que votre fils nous a dit. Je suis très pris en ce moment, mais je vais faire l'impossible. Prenons rendez-vous pour la semaine prochaine ... »

VII.

De nouveau, comme la semaine passée, l'avocat s'annonça en l'hôtel du Président. De nouveau on l'invita à prendre place devant la cheminée ... Cette fois, Maître Bénard en vint tout de suite au fait :

- J'ai reçu la famille Roulleau au complet et j'ai deux choses à vous apprendre, l'une bonne, l'autre moins. La bonne c'est que Jules n'a pas de preuves contre le Préfet et que son récit me semble très sujet à caution. La seconde, c'est qu'une phrase de Madame Roulleau m'incite à penser que le Père de Saint-Léger n'est pas le seul visé et qu'il y a une véritable manœuvre contre la bonne société de cette ville. »

Et il raconta les insinuations concernant les favoris du Père :

- « *Vous n'aurez pas à chercher bien loin* » et : « *Vous le découvrirez assez tôt* », cela me semble viser Henri, Marc et leurs camarades ... Qu'en pensez-vous ?

- Je suis de votre avis, il y a là quelque chose de troublant ; bien sûr, on ne peut totalement écarter la possibilité que les

Roulleau soient sincères, et sans arrière-pensée, mais je remarque – si les insinuations de Madame Roulleau sont bien ce que nous pensons (car elle ne brille pas par l'intelligence et peut avoir dit n'importe quoi pour se donner de l'importance) – qu'il ne s'agit pas de politique : les personnes visées directement (Saint-Léger) ou indirectement (vous et moi) ont des opinions très différentes : le Préfet est légitimiste, je suis orléaniste, et vous êtes républicain ... Il s'agit plutôt d'un problème de milieu social : nous appartenons tous trois à de vieilles familles de la bourgeoisie ou de l'aristocratie. Peut-on imaginer que ces parvenus nous le pardonneraient ? Bien sûr, en ce qui vous concerne, mon cher maître, s'attaquer à un membre éminent d'un parti frère – même si Monsieur Roulleau ajoute « socialiste » à « radical » - paraît plus surprenant, mais ... voyez-vous, je me demande si tout ne remonte pas à la position courageuse que vous avez prise, l'an dernier, au Conseil Général : vous vous êtes opposé, pour la voie ferrée desservant notre ville, à l'utilisation de traverses métalliques, rendant le passage des trains très bruyant pour les riverains. Or, il s'agissait d'un marché très important pour la firme Roulleau... Vous vous souvenez, aussi, que, malgré votre opposition, cette solution fut retenue et que de bons esprits se sont interrogés sur cette union de la droite et de la gauche dans l'intérêt d'un marchand de fer ! La vengeance est, dit-on, un plat qui se mange froid ... »

Maître Bénard Du Tertre réfléchissait :

- Si vous avez raison, ce serait ignoble ... se servir des enfants pour une vengeance politique ... mais quand la cupidité s'allie à la bêtise, on peut tout craindre ! Peut-être nous égarons-nous et tout ceci est, sans doute, dû à un enfant pas très malin qui veut se venger d'une fessée... De toute façon, qu'il y ait eu, réellement, une imprudence du Préfet, ou que ce soit un coup monté pour affaiblir notre position au Conseil Général, dans les deux cas nous avons intérêt à ce que l'affaire avorte !

- J'en suis très conscient : quand on cherche trop, on risque de trouver n'importe quoi ! Quel que soit notre amour pour nos enfants, nous ne sommes pas innocents : nous ne pouvons oublier comment nous avons berné nos parents à cet âge, sans y voir le moindre mal ! « *Quieta non movere* »[2] Mais, mon cher Maître, c'est à vous qu'incombe la tâche la plus délicate : empêcher vos clients de porter plainte. Sinon, je me verrais dans l'obligation de désigner un juge d'instruction ... Bien entendu, je désignerais Hippolyte Dubois : il ne passe à son cabinet qu'en dehors de la saison de chasse et celle-ci ne ferme qu'à la fin de l'année ... Il commencera, naturellement, par se pencher sur les dossiers les plus anciens et Dubois n'est pas homme à passer des journées entières au Palais quand de charmantes amies l'attendent ... Tout aura le temps de s'apaiser et les élections de se faire... Mais, bien sûr, si vous pouvez tout arrêter !

- Je le souhaite plus que tout, mais la famille est obstinée : si je trouve un moyen, je vous en parle aussitôt, notre entente sur cette affaire est essentielle !

- Pour autant qu'il y ait une affaire ... Je ne suis pas saisi ! », conclut le Président en souriant.

---

[2] Adage latin : « Il ne faut pas apporter le trouble là où règne la quiétude ». *(Employé en droit pour indiquer s'il est ou non opportun d'entamer des poursuites)*

VIII.

L'avocat parti, le Président revint s'asseoir à son bureau et sonna la servante.

- Monsieur Marc et Monsieur Henri sont ensembles dans la chambre de Monsieur Marc : ils travaillent et ne veulent pas être dérangés.

- Très bien, Marie, ne les dérangez surtout pas, mais dites-leur, à travers la porte, que, leur travail achevé, ils viennent me trouver. »

Le Président avait résolu de les mettre en garde. S'ils n'avaient rien à se reprocher, ils ne comprendraient pas, mais si, comme l'insinuait Madame Roulleau, ils étaient moins innocents qu'ils ne le paraissaient, ils feraient attention à ne pas se faire remarquer ... Peu lui importait après tout, qu'ils aient entre eux des amitiés particulières... ils n'étaient pas les seuls ! L'essentiel était qu'ils soient discrets et qu'il n'y ait pas de scandale ... C'était aussi, il l'avait bien compris, le souci de Maître Bénard... Bien sûr, leurs mères n'auraient pas pris la chose de la même façon, mais les mères ne comprennent rien aux jeunes garçons ... sa propre mère n'avait rien compris non plus, d'ailleurs !

- Vous nous avez demandés ? » Les garçons semblaient un peu inquiets.

- Oui, rien d'important. Mais d'abord, promettez-moi de ne rien dire à personne de ce que je vous confie. » Les garçons l'assurèrent de leur discrétion, ils étaient ravis !

- J'ai entendu dire que votre ami Jules – je sais qu'il n'est pas votre ami- racontait chez lui que, dans la division, il se passait des choses ... pas très catholiques ... Ce sont, certainement, des calomnies, mais méfiez-vous de Jules, et qu'il ne s'en aperçoive pas. »

Les garçons partis, le Président songea qu'il venait d'avoir confirmation de ses craintes : les enfants n'avaient demandé aucune explication sur « les choses » qui se passaient dans la division. Ils étaient donc parfaitement informés. De plus, le Président avait remarqué leur air heureux et apaisé, qui s'expliquait mal par une version latine. « J'ai eu raison de les prévenir, un scandale est si vite arrivé ... » Il songea qu'heureusement, son épouse Éléonore était plus occupée de sa vie mondaine que de son fils, et les domestiques n'étaient pas très futés ... de toutes façons, leur intérêt était de ne rien voir ! Mais vraiment, quel besoin de ces soucis ! Ces Roulleau étaient décidément insupportables ... Encore une chance que le Procureur soit au chevet de sa mère malade, à Bordeaux : on pouvait être sûr qu'il prendrait tout le temps nécessaire pour assister sa mère : en cette saison, Bordeaux est plus agréable qu'une petite ville ... Sa carrière avait été faite de prudents silences et de saine discrétion : il avait, ainsi, survécu sans problèmes aux changements de régimes ... Ce n'est pas à la veille de la retraite qu'il changerait de méthode ! Le Président y veillerait.

IX.

Quand les enfants se séparèrent au grand portail où Marc avait reconduit son ami, ce dernier déclara :

- C'est chic de la part de ton père de nous avoir mis en garde.

- Oui, sûrement, mais cela montre qu'il devine pour nous ... Je préfèrerais croire qu'il n'avait rien remarqué ! Enfin, cela n'a pas l'air de le gêner, du moment qu'on ne se fait pas prendre. Soyons donc très prudents. »

Henri approuva, mais ajouta :

- Ici, il fait sombre, je peux t'embrasser. » Et, sans attendre de réponse, ses lèvres s'emparèrent de celles de son ami.

Une fois seul, Marc réfléchit : son père savait, ou devinait pour les deux amis ... Mais cet avertissement venait après le dîner avec le Préfet : soupçonnerait-il quelque chose de ce côté ? Ce serait plus grave : il fallait en parler le plus tôt possible à Saint-Léger ...

Le lendemain était jour de confession. L'enfant n'aborda pas la question tout de suite. Mais, avant de quitter le Préfet, Marc lui raconta l'entretien qu'il avait eu avec son père – sans mentionner Henri. Il rapprochait cela du dîner ... Mais il pouvait rassurer Saint-Léger : son père n'avait pas paru fâché contre l'enfant, mais au contraire, inquiet des agissements de Jules. Le Préfet réfléchissait :

- Tout cela se tient, et les Roulleau sont derrière : je pense que cela te dépasse, toi, et même moi : il y a quelque part une manœuvre. En te prévenant, ton père montre qu'il s'en doute ...» Marc baissa les yeux et acquiesça sans surprise.

Le Préfet était plus inquiet qu'il ne l'avait montré à l'enfant. En cette période assez agitée politiquement, tout pouvait arriver, surtout venant d'esprits quelque peu bornés qui rapportaient tout à eux-mêmes ... Brusquement, il se souvint de ce qu'il avait trouvé dans un pupitre une revue fort peu conforme aux bonnes mœurs, qui montrait des femmes très dévêtues ... Il la sortit du tiroir de son bureau et se rendit chez le Supérieur qui l'attendait près du poêle en faïence, dans une grande pièce au centre du bâtiment qui fermait la cour du Collège.

Après avoir évoqué l'actualité de la journée, on en vint à parler des menaces que le gouvernement faisait planer sur les congrégations enseignantes :

- Le climat devient malsain, même dans notre ville », soupirait le Père Supérieur. « Certaines familles sont acquises aux idées nouvelles et, sans le dire encore, souhaitent notre départ ...

- Pour fonder un lycée laïc », ajouta le Préfet. « À ce propos – pardonnez-moi cette association d'idées, mais il s'agit d'une famille de cette sorte -, voici ce que j'ai trouvé en inspectant les bureaux de mes élèves, comme je le fais de temps en temps ».

Le Supérieur feuilleta l'illustré :

- Dans quel bureau ?

- Celui de Jules Roulleau. » Le Supérieur leva les yeux au ciel :

- Le petit imbécile ! Il est mauvais élève, mauvais camarade, et maintenant, vicieux ! Comme le regrette de l'avoir accepté, sur les instances de Monsieur l'Archiprêtre, qui prise beaucoup Madame

Roulleau – une sotte sans éducation, mais confite en dévotion, hélas, car elle donne la plus mauvaise image de notre religion ! Mais l'Archiprêtre était persuadé que cela empêcherait Monsieur Roulleau de nous nuire au Conseil Général, comme s'il n'appliquait pas tout simplement – peut-être sans les comprendre – les instructions de sa loge maçonnique ! Enfin, cher ami, ce n'est pas le moment, dans le climat tendu qui est celui de notre cité, de faire état de cette découverte : il ne faut pas provoquer les Roulleau … Mais laissez-le moi, je vais le mettre en lieu sûr : c'est la Providence qui nous l'envoie, cela pourra servir à décourager certaines attaques … Dieu aide toujours ses serviteurs fidèles. En attendant, surveillez Jules, qu'il n'ait pas de mauvaise influence sur ses camarades : le Diable se sert même des imbéciles ! »

X.

Madame Roulleau avait pour confesseur et directeur de conscience Monsieur l'Archiprêtre de Saint Jean, belle église romane qui dominait la rivière, vestige d'un important monastère fondé en l'an mil.

L'Archiprêtre, grand, sec et austère, prisait beaucoup sa pénitente car elle ne restait pas insensible à ses conseils de faire des dons généreux à ses œuvres pour racheter les erreurs de son mari, qui, à la tête des radicaux-socialistes du département, était une des figures de proue de l'anticléricalisme militant. Il appréciait aussi la rusticité de ses pensées et la simplicité de son intelligence, prenant à la lettre la phrase des Béatitudes : *« Bienheureux les pauvres en esprit »* ...

Il rendait aussi hommage à sa résignation et à sa docilité, quand il l'exhortait à ne pas refuser les exigences conjugales de son époux, pour éviter de lui donner la tentation de l'adultère. Il comprenait tout l'héroïsme nécessaire à Eugénie pour accepter des rapports que ne justifiait plus le désir d'une postérité – puisqu'ils avaient trois enfants, déjà grands. Il admirait aussi la pudeur avec laquelle elle s'accusait en confession d'avoir – cela était rare, très rare ! – éprouvé un plaisir coupable à ces étreintes ...

Aussi, la confession hebdomadaire de Madame Roulleau, et les conseils qu'il lui prodiguait comme son directeur de conscience, était un moment de la semaine qui comblait son esprit pastoral : enfin, quelqu'un qui croyait fermement au Diable, qui ne discutait rien, et n'essayait même pas de comprendre ! C'était une direction spirituelle reposante !

Aujourd'hui, il sentait que sa pénitente était nerveuse : visiblement, elle avait quelque chose à lui confier et ne savait par où commencer. Il crut habile de lui demander des nouvelles de son fils Jules : lui donnait-il toujours autant de satisfaction, et se montrait-il toujours un modèle de pureté et de docilité envers les enseignements de Notre Mère la Sainte Église ? Eugénie soupira tragiquement :

- Le pauvre enfant est toujours notre bon petit, mais il lui faut une vertu solide pour ne pas être corrompu par ce qu'il voit autour de lui ! Vous ne pouvez soupçonner combien le démon est chez lui au collège ...

Ne protestez pas, je le sais, et pas seulement chez les élèves ! »

Cette fois, l'Archiprêtre était intéressé : il n'aimait pas ces religieux fiers de leur culture et qui méprisaient le clergé séculier. Dieu punit souvent l'orgueilleux en le faisant tomber dans les fautes les plus viles ... Heureuse de trouver une oreille attentive, Madame Roulleau lui narra ce qu'elle avait déjà exposé à son avocat, avec moins de précision et plus de discrétion concernant le Préfet, mais en reprenant ses allusions aux meilleurs élèves de la division.

L'Archiprêtre tombait de haut ... sa prévention contre les Pères et leurs élèves bien nés n'allait pas jusqu'à les soupçonner de transformer le Collège en Sodome ! C'était trop ... un scandale de cet ordre rejaillirait sur tout le clergé, et pourquoi pas sur sa Paroisse... En ces temps d'anticléricalisme, tout était à craindre ...

Il chercha à suggérer à sa pénitente que l'erreur était humaine et qu'on ne pouvait se fier totalement à un garçon de quatorze ans : peut-être, dans sa candeur, avait il mal interprété des comportements imprudents mais non point criminels ...

Eugénie n'en démordit pas : elle était sûre de son fils, et de détenir la vérité. On lui promit de s'informer, et de réciter un rosaire pour ces âmes en perdition... On lui conseilla également de faire un chemin de croix à cette intention ... Ce n'était pas ce qu'Eugénie espérait, mais elle se consola en songeant que l'Archiprêtre ne laisserait pas passer une si belle occasion de se mettre en avant au détriment de ceux que l'évêché trouvait trop fidèles à l'Ancien Régime : Monseigneur verrait, sans déplaisir, les congrégations remplacées par des institutions confiées aux prêtres de son diocèse. Ce serait une belle revanche du clergé séculier !

XI.

L'éloquence de Maître Bénard du Tertre avait laissé de glace Monsieur Roulleau qui avait jugé ridicules les scrupules de l'avocat craignant qu'un scandale de cet ordre ne se retourne contre ceux-là mêmes qui le déclencheraient ... Et quand il avait ajouté : « Je ne vois pas ce que vous pourrez y gagner », Monsieur Roulleau avait bondi :

- Quel intérêt ! Mais celui de la vertu et de l'innocence bafouée ! Dois-je vous rappeler que la défense du faible est le fondement de notre action, cher Frère ... oubliez-vous votre idéal maçonnique ? Nous n'appartenons pas à la même loge, mais nous sommes tenus aux mêmes devoirs. N'oubliez pas, cher frère, que mon grade maçonnique est supérieur au vôtre : vous ne pouvez, sans faillir à vos serments, refuser de m'assister dans cette œuvre de salubrité publique ... Que dirai-je à nos Frères, si je devais, en raison de votre carence, faire appel à un confrère d'Angers ? Mais je sais que je peux compter sur vous ! »

En relatant cet entretien au Président, l'avocat l'assura qu'il ne ferait pas de zèle, mais qu'il ne pourrait empêcher le dépôt d'une plainte officielle, à moins que l'on ait un moyen de pression - mais lequel ? – sur la famille Roulleau.

Le Président réfléchissait :

- L'archiprêtre a de l'influence sur Madame Roulleau, mais il est stupide, et ne rêve que de diriger le Collège à la place des Pères : on ne peut compter sur lui. Si l'on pouvait convaincre Jules de son mensonge, mais j'en doute ... et, pour discréditer son témoignage, il faudrait des circonstances vraiment providentielles. Je vais réfléchir. Gagnez du temps. Pour moi, j'utiliserai toutes les ressources de la procédure pour que ce dossier ne soit pas instruit rapidement, et prions le ciel que la sérénité de notre petite communauté ne soit pas troublée ! »

XII.

La Providence prit l'apparence d'une tenancière de maison close qui vint trouver son avocat, Maître Bénard, quelques jours plus tard.

- Madame Hortense, quel ennui vous amène ? Vos filles ne sont pas parties avec la caisse ?

- Oh, que non, s'il n'y avait qu'elles, je serais au Paradis ... enfin, vous voyez ce que je veux dire !

- De toutes façons, elles donnent un avant-goût du ciel à vos clients, n'est-ce pas ? » Madame Hortense sourit, aussi modestement qu'elle le pouvait, car rien, dans sa tenue très élégante – trop – ni dans ses manières aimables – trop – ne respirait la modestie ... Mais c'était pour l'avocat une bonne cliente et qui savait beaucoup de choses sur les habitants de la ville : elle était une excellente informatrice ...

- De quoi s'agit-il, Madame Hortense ?

- De persécutions : figurez-vous que Madame Roulleau – qui s'intéresse beaucoup au faubourg, car l'entreprise y a ses ateliers – vient de fonder, avec quelques amies aussi pimbêches qu'elle, une « ligue pour la décence du faubourg ». Naturellement, c'est ma maison qui est visée : sous prétexte qu'elle se trouve sur le chemin du collège, elle va de porte en porte faire signer une pétition pour nous obliger à déménager ! Cela fait vingt ans que je suis là et vous savez bien, Maître, que je n'ai jamais troublé le voisinage !

- En effet votre maison est bien une « maison close », dit en souriant Maître Bénard.

- Pour sûr, mais est-ce que je peux empêcher certains garnements de rester en arrêt devant notre porte dans l'espoir d'apercevoir une de mes filles ? Tenez, le Jules Roulleau, on voit qu'il est obsédé : chaque fois qu'il passe dans la rue, en rentrant du collège, il regarde en dessous, avec un air vicieux ... Ce n'est pas comme votre fils, quand il revient avec son ami Marc : ils sont tellement occupés à parler entre eux qu'ils ne s'aperçoivent pas que nous existons ... Vous savez, mes persiennes sont closes, mais, derrière, je vois beaucoup de choses ! »

L'avocat réfléchissait très vite : c'était une chance inespérée !

- Madame Hortense, je n'ai aucun moyen légal d'empêcher cette pétition, et je vous avoue que je suis inquiet pour la suite ... On peut toujours trouver de bons prétextes quand on veut nuire, et la protection de l'innocence enfantine, cela marche très bien !

- Mon cher Maître, j'ai toute confiance en vous. Trouvez une solution, je vous en prie ! »

Maître Bénard se recueillit un instant :

- Il y aurait bien un moyen, mais il dépend plus de vous que de moi ... Vous venez de me dire que le jeune Roulleau est très attiré par votre maison : si, au lieu de trouver toujours porte close, il pouvait entrevoir une de vos filles, parmi les plus attirantes, et si, quelque diable le poussant, il prenait langue – façon de parler – avec elle, cela pourrait modifier bien des choses, vous me comprenez... Mais est-ce possible ?

- Bien sûr ! » Hortense se retenait de sauter au cou du cher Maître, « Vous avez raison, c'est ce qu'il faut faire : comment empêcher un courant d'air d'ouvrir une porte sur son passage ... et juste au moment où la plus jeune de nos filles retrousse sa jupe pour raccrocher sa jarretière, et si elle ne porte pas de culotte, qu'y puis-je, je vous le demande ?

- Rien du tout, bien sûr, vous êtes tout à fait en dehors de cela tout autant que moi-même ! Merci, Madame Hortense, il n'y a qu'une personne intelligente pour mener à bien cette affaire et je vous connais assez pour savoir que vous l'êtes ... Tenez-moi au courant et ne perdez pas de temps, il faut gagner la pétition de vitesse ! »

Madame Hortense parut enchantée de son avocat et d'elle-même :

- Bien sûr, mon cher Maître, et si un jour vous désirez une de nos pensionnaires, n'hésitez pas : elles seront à vos ordres ... »

Lorsque l'avocat lui résuma son entretien avec Madame Hortense, le Président y vit la confirmation que le Diable porte pierre et que les voies du Seigneur sont impénétrables ... Mais il est dit dans l'Évangile : *« aplanissez les voies du Seigneur »*. Nous devons donc agir pour que cette divine surprise devienne vite une réalité. Le temps presse : le procureur m'a écrit que sa mère allait mieux et qu'il comptait revenir au Palais prochainement. Avec lui, cela ne veut rien dire, mais il sera certainement ici pour la fin de l'année : imaginez cette affaire pendant les fêtes de Noël où tout est enfance et pureté ! »

Ils sourirent tous deux : ces deux mots associés, dans les circonstances présentes, avaient quelque chose d'irréel !

XIII.

Quelques jours plus tard, alors qu'ils allaient traverser le pont, Henri se retourna pour voir s'ils étaient suivis et vit Jules entrer dans la maison à la lanterne rouge ...

- Marc, tu vois ce que je vois ! Notre Sainte Nitouche chez les filles ! »

Marc sourit :

- Tant mieux ! S'il veut nous embêter, on pourra lui fermer le bec. Dis-le, innocemment, à ton père, je le dirai au mien : je pense que cela les intéressera ... »

Cela les intéressa en effet. Maître Bénard s'applaudit de son idée géniale et le Président convint, en son for intérieur, que l'avocat était un bon stratège. Sans doute, ce n'était qu'un début et d'autres témoins seraient nécessaires ... Mais on était en bon chemin ...

Le jeudi suivant, les garçons se retrouvèrent chez Henri, dans la grande maison du cours Carnot. Ses parents et sa sœur Lucie (d'un an plus âgée que lui, et qui lui ressemblait beaucoup) étaient partis pour la journée à Angers, par le chemin de fer. Les domestiques ayant congé cet après-midi, la maison était à eux. Lorsque Marc sonna à la porte, il eut la surprise de voir lui ouvrir Lucie, son chapeau sur la tête ... Il n'y comprenant rien ! On le fit monter dans la chambre d'Henri où on le laissa. Quelques instants plus tard, il vit entrer la jeune fille, chapeau enlevé, et entendit Henri lui dire, en riant :

- Tu ne m'as pas reconnu ? Avoue que je suis une adorable petite fille ! »

Marc n'en revenait pas : seuls les cheveux longs de Lucie auraient fait la différence, mais avec un chapeau !

- Tu sais, je t'aime mieux nu, mais puisque, ce soir, tu es une fille, je vais te prendre comme une fille ... tu n'as rien dessous, j'espère ? »

Non, l'enfant n'avait rien.

- Allonge-toi sur le lit, et relève ta jupe... »

Lorsque Marc faisait l'amour avec son ami, c'était avec tendresse, le caressant avant de le prendre doucement afin qu'ils aient tous les deux du plaisir. Mais le voir déguisé en fille, à sa merci sur le lit, dans une posture impudique, lui donnait des envies de viol. Lui mettant les jambes sur les épaules, il lui rabattit les cuisses sur le ventre, lui écarta les fesses, l'ouvrir au plus intime et le pénétra brutalement.

- Tu as voulu être une fille, tu vas être violé comme une fille … »

Henri gémit, mais les coups de boutoir de son ami le firent bientôt ronronner de plaisir et son sperme jaillit aussi vite que celui de Marc au plus profond de lui.

- Pardonne-moi, j'ai été brutal, mais tu m'as tenté ! » Henri sourit :

- C'est vrai, tu es une brute … Mais j'ai bien aimé être pris dans cette position. On pourra recommencer, même si je ne suis pas en fille …

- Bien sûr ! Mais il me vient une idée, si l'occasion se présente : imagine qu'ainsi déguisé en fille, tu séduise Jules …

- Oh ! Non !

- Je ne veux pas dire que tu fasses quelque chose avec lui, mais que tu le rendes amoureux ... tu vois la scène ! »

Henri convint que ce serait très amusant. Mais encore fallait-il trouver l'occasion, et ne pas se faire reconnaître ...

XIV.

L'occasion, ce fut la vente de charité de l'Archiprêtre, le dimanche suivant. Madame Roulleau y tenait un comptoir et la famille de l'avocat ne venait pas à cette manifestation de cléricalisme : Henri n'aurait qu'à se changer chez son ami et aller à la vente avec lui. Marc y représentait toujours la famille car la Présidente ne tenait pas à rencontrer les « punaises de sacristie », mais souhaitait montrer à Monsieur l'Archiprêtre qu'elle ne se désintéressait pas de ses œuvres : Marc avait toujours, à cet effet, une enveloppe à remettre au digne ecclésiastique.

En arrivant, il salua poliment Madame Roulleau et présenta sa « cousine d'Angers», de passage pour la journée. Il s'excusa ensuite, prétendant être chargé par sa mère – qui n'avait malheureusement pas pu venir – de quelques achats. Il demanda si Jules, qui connaissait tous les comptoirs, ne pourrait pas servir de guide à Henriette, ce qui fut accepté avec condescendance ... Jules était intimidé, mais visiblement heureux de quitter sa mère et assez fier de guider cette jolie demoiselle qui le regardait, pensait-il, avec admiration ! Il faut dire qu' « Henriette » en faisait beaucoup : elle lui demandait des renseignements sur tout et les recevait comme des oracles, puis le questionna sur sa vie au collège et s'extasia devant ses goûts...

Enfin, « Henriette » trouva l'atmosphère de la salle étouffante et lui demanda de la conduire dans le jardin qui l'entourait. Ils se promenèrent dans l'air frais de décembre, qu'un soleil d'hiver humanisait et, innocemment, Henriette lui prit la main. Jules rougit, et encore davantage quand la demoiselle lui dit qu'elle avait été très heureuse de cette promenade et qu'elle avait toujours désiré un frère comme Jules ... Puis, se serrant contre lui, alors qu'ils s'apprêtaient à rentrer dans la salle : « Embrassez-moi », murmura-t-elle ... Sans même regarder si on pouvait le voir, Jules lui baisa le front. Elle le remercia d'un sourire et lui dit :

- Pour vous récompenser, je vais vous dire quelque chose dont personne, ici, ne se doute, si vous jurez de ne jamais le répéter. »

Il promit, au comble de la joie d'être le confident d'un secret ! Ils étaient rentrés et, avant de le quitter et de rejoindre Marc qui l'attendait, elle lui glissa :

- Sous mes jupes, je n'ai pas de culotte... » Cette fois, Jules devint écarlate.

Marc fut certain que cela n'avait pas échappé à Madame Roulleau ni aux autres « punaises » !

- Tu es le diable, » dit-il à son ami en écoutant le récit de sa confidence – vraie, d'ailleurs – alors qu'il se changeait chez le Président. « Jules ne va plus penser qu'à ça ... S'il savait que c'est un garçon ! »

Contrairement à son habitude, Madame Roulleau ne s'attarda pas. D'un air plus pincé que jamais, elle prit congé de l'Archiprêtre que se confondait en remerciements pour la parfaite organisation de la vente, et sortit dignement. À peine fut-elle dehors qu'elle gifla son fils, ahuri :

- Comment oses-tu te comporter en public comme tu viens de le faire ! Tu regardais cette petite pisseuse comme si c'était une apparition du ciel ... Tu étais ridicule, ridicule ! Et, en plus, une cousine des Azé ... tu es encore plus idiot que je ne le pensais : tu vas voir ce qu'en pensera ton père ! »

Jules pleurnichait ... pourvu que personne ne l'ait vu recevoir une gifle ! Il se sentait très malheureux, mais en même temps fier de souffrir pour cette demoiselle dont il imaginait (vaguement) le corps nu sous sa robe pudique et virginale ... la rougeur de ses joues n'était pas due qu'à la gifle reçue ... En ce moment, il regrettait de ne pas être ami de Marc, seul lien avec Henriette. Même le sermon de son père ne put l'empêcher d'être, au fond de lui-même, heureux. D'ailleurs, Monsieur Roulleau avait pris les choses moins au tragique que son épouse. Il en avait seulement conclu qu'il fallait faire vite pour déposer la plainte : un gamin de quatorze ans peut toujours commettre des imprudences ...

XV.

- Je viens de rédiger la plainte presque sous la dictée de Monsieur Roulleau, et je vais la déposer au Parquet. J'ai édulcoré, autant que j'ai pu, les griefs, et les ai présentés aussi mal que possible, mais je ne pouvais trop en faire … Roulleau n'est pas idiot ! Où en est le Procureur ?

- Comme je vous l'ai dit, il m'a annoncé son retour, et je lui ai répondu en l'assurant que je comprendrais très bien qu'il ne veuille pas quitter sa mère avant de la savoir guérie … J'espère que sa paresse, bien connue, va le guider, mais méfions-nous de son secrétaire : il voudra faire du zèle. Je lui en parlerai moi-même, en lui rappelant que le Procureur déteste toute initiative prématurée … Que pouvons-nous faire d'autre ?

- À moins », répondit l'avocat, « que le jeune Jules – qui, paraît-il, s'est fait remarquer à la vente de charité en s'affichant avec une jeune personne – ne se mette à fréquenter la maison de Madame Hortense ! Il suffirait, alors, que l'on déclenche une opération de police à ce moment : ce scandale effacerait l'autre …

- Dieu le veuille, cher ami ! Peut-être pourrai-je suggérer à mon épouse de mettre un cierge à Sainte Marie-Madeleine, qui a, sans doute, conservé des relations dans la profession ... »

XVI.

Madame Hortense souhaitait obtenir l'autorisation de transformer un local adjacent à sa maison, pour en faire une sorte de salle de gymnastique un peu particulière. On lui fit comprendre que cela dépendait des informations qu'elle donnerait sur le comportement de Jules : elle fut heureuse de pouvoir confirmer que le jeune garçon profitait de ses instants de liberté pour rejoindre une jeune pensionnaire de sa maison … Il avait – Madame Hortense ne comprenait pas pourquoi – paru très excité quand cette fille lui avait dit se prénommer Henriette. Bien sûr, elle donnerait à l'avocat tous les renseignements sur les heures où l'on avait la chance de pouvoir trouver Jules …

Monsieur le Président convoqua le capitaine de gendarmerie Bonneau : c'était un solide gaillard, discret et efficace, qui mettait un point d'honneur à bien servir la magistrature, et singulièrement le Président, qui l'invitait parfois à chasser sur ses terres.

- Capitaine, j'ai toute confiance en votre tact et votre habileté … aussi, je vais vous confier une affaire très délicate, très ! Voici ce dont il s'agit : on m'a rapporté que certains garçons de bonne famille se laissaient aller à fréquenter la maison de Madame Hortense ... J'aurais préféré qu'on ne m'en informât point : après tout, la vie privée ! Mais maintenant, il y a une rumeur, et il s'agit de mineurs : il faut que nous sachions, vous et moi, ce qu'il en est, pour, au besoin, pouvoir démentir des calomnies. »

Le capitaine se rengorgea :

- Monsieur le Président, comptez sur moi, je suis à vos ordres.

- Merci, Capitaine, vous êtes un vrai professionnel ... Voici, à ce qu'on m'a rapporté, les heures où vous pourrez prendre les gamins sur le fait. Mais faites-le vous-même, en paraissant n'avoir rien remarqué ! Madame Hortense coopérera volontiers, vous la connaissez ... Dressez ensuite un procès-verbal confidentiel et apportez-le moi vous-même, sans que vos hommes soient au courant : prudence et discrétion ! S'informer n'est pas sévir : vous m'avez compris. »

Le Capitaine se mit au garde-à-vous :

- Soyez tranquille, Monsieur le Président, je traiterai cette affaire comme s'il s'agissait du Président de la République ! »

XVII.

Le Procureur finit par revenir en début d'année. Avant même qu'il ait pris contact avec son secrétaire, le Président lui rendit visite, au mépris du protocole, mais l'impatience d'avoir des nouvelles de la santé de sa mère justifiait cette entorse aux usages.

Les civilités terminées, le Président l'informa de la plainte qui l'attendait sur son bureau et lui exposa les circonstances de l'affaire. Il lui avoua sa crainte de la voir exploitée à des fins politiques ou anticléricales (le Procureur était dévot à ses heures). Il comptait beaucoup sur la prudente sagesse du Parquet : il était important de se hâter lentement. Le Procureur en convint :

- D'après ce que vous me dites, il s'agit d'une affaire peu claire qui peut, justement, parce qu'elle est imprécise, éclabousser beaucoup de monde, directement ou indirectement. Je veux pouvoir m'y consacrer totalement, avec toute la sérénité nécessaire. Pour ce faire, je compte – si vous n'y voyez pas d'inconvénients, mon cher Président – commencer par l'étude des dossiers moins brûlants arrivés pendant mon absence, hélas trop longue ! »

Le Président eut un geste d'impuissance :

- Vous ne pouviez faire autrement, cher ami ! La famille doit passer avant tout, elle est le dernier rempart de notre civilisation ... c'est pourquoi il est dangereux de soulever des affaires mettant en cause des membres de familles honorablement connues, ainsi que des institutions aussi respectables que notre Collège plusieurs fois centenaire ... »

Hippolyte Dubois, le juge d'instruction, avait passé les fêtes en Écosse, invité par un ami à chasser la grouse. L'amour de la chasse lui avait fait négliger un avancement (problématique, étant donné son assiduité relative) qui l'eût obligé à quitter l'Anjou, où il était l'invité habituel des chasses de la région : la famille de sa mère, de petite, mais ancienne noblesse, était très considérée et ses talents cynégétiques étaient reconnus de tous. Mais, bien sûr, l'Écosse, c'était autre chose, et le Président ne put l'empêcher de lui narrer, longuement, ses expériences insulaires. Quand, enfin, on en vint aux affaires en cours, le juge était resté par la pensée dans les bruyères et les lacs calédoniens ... Il approuva avec indifférence la prudence du Président dans l'affaire qu'on lui résumait : il attendrait, avec toute la sérénité requise, que le Procureur ait, lui-même, fait sa religion sur cette délicate question :

- Si je pouvais n'être pas saisi, ce serait tellement mieux ! » Le Président en convint :

- Ce n'est pas une chasse digne de vous, cher ami, c'est un scandale pour dévotes ! »

XVIII.

Malgré son habileté, Maître Bénard ne put convaincre Monsieur Roulleau d'attendre calmement que le Procureur ait eu le temps d'étudier sa plainte, et il dut aller voir ce magistrat pour accélérer l'étude du dossier. On le reçut très aimablement, et, après avoir longuement évoqué les dernières nouvelles de Bordeaux et d'Angers, on en vint au fait : le Procureur n'avait pas eu le temps d'étudier le dossier, mais une première lecture de la plainte le laissait perplexe : cette histoire de fessée équivoque ne tenait pas debout, et semblait une vengeance d'enfant corrigé ...

Quant aux accusations implicites de liaisons coupables entre le Préfet et certains élèves du Collège, rien ne venait les étayer, que cette fessée, pour autant qu'elle ait été administrée comme on le disait ... Mais celui qui l'avait reçue n'avait jamais, de son propre aveu, été sollicité par le Père de Saint-Léger. Pouvait on raisonnablement, inférer d'une correction, sans doute méritée, donnée avec une certaine sensualité – si l'on interprète ainsi la façon d'immobiliser le gamin – un comportement coupable avec d'autres élèves qui n'avaient jamais émis de plaintes...

- Cela », conclut le Procureur, me semble bien téméraire ! Qu'en pensez-vous vraiment, mon cher Maître ?

- Confidentiellement, je suis de votre avis et, s'il n'avait tenu qu'à moi, cette plainte n'aurait jamais été déposée. Mais les Roulleau n'ont rien voulu entendre : j'avoue ne pas comprendre leur attitude, et, pour tout dire, elle m'inquiète.

- Tout ceci », répondit le Procureur, « ressemble à une histoire montée de toutes pièces – sur une base peut-être réelle, mais sans gravité – pour atteindre le Collège, et vous savez qu'en ce début de siècle les passions sont exacerbées en ce qui concerne l'enseignement ! Je suis sûr que cet aspect des choses ne vous a pas échappé, et je rends hommage à votre objectivité ... Cela dit, que faisons-nous ? » Maître Bénard du Tertre soupira :

- Ne nous hâtons pas ... mais, compte tenu de la position de Monsieur Roulleau au Conseil Général, vous ne pourrez pas éviter de saisir le Juge d'Instruction, à qui il appartiendra, après de longues investigations, et s'il le décide ainsi, de prononcer un non-lieu... N'est-ce pas votre avis ?

- C'est mon avis, mais je ne pourrai le saisir qu'après une étude sérieuse du dossier : je ne pense pas que je puisse le faire avant les vacances judiciaires de Pâques ...

XIX.

Le Président fut heureux d'apprendre que le Procureur n'était pas convaincu par la plainte déposée entre ses mains, mais son expérience lui avait appris qu'on ne prend jamais trop de précautions : il devait s'entretenir avec Saint-Léger, seul à seul. Cette fois, il lui fit dire qu'il souhaitait le rencontrer au sujet des études de Marc, comme il le faisait chaque année.

Cette partie de l'entretien fut brève car l'enfant était doué et travailleur. Bien sûr, un peu léger et dissipé, mais c'était de son âge !

Le Président alla droit au but :

- Vous savez l'estime que je vous porte et l'affection que Marc a pour vous ... »

Le Préfet baissa les yeux modestement :

- C'est un enfant très attachant, et un bon élève ...

- Je tiens donc à vous prévenir que certaines personnes cherchent à vous nuire, à vous ou au Collège. » Le Père parut étonné :

- Je sais que notre ordre est très attaqué en ce moment, mais ...

- Ce n'est pas une impression, c'est une certitude : une plainte a été déposée contre vous, et, sans mon intervention discrète, le juge d'instruction serait déjà saisi.

- Une plainte, mais à quel sujet ? »

Le Préfet, vraiment, ne comprenait pas ... Le Président lui résuma alors la plainte déposée contre lui, en précisant que tout ceci était strictement confidentiel, car, en l'état de la procédure, sa démarche ne pouvait être que très officieuse, pour ne pas dire secrète. Le Préfet parut accablé :

- De telles calomnies, et venant d'un élève de notre maison ! Et cru par ses parents ! Quelle misère ... comme le démon est habile : introduire le doute là où doit régner la confiance, la suspicion envers ceux qui ont la charge de conduire les âmes vers Dieu ... Quelle abomination ! Et pourquoi ? Je ne puis croire que cet imbécile de Jules ait inventé cela pour le plaisir : pourquoi m'en veut-il ? Peut-être de préférer des élèves plus brillants, plus intelligents que lui ? Mais ses parents, pourquoi ne sont-ils pas venus, d'abord, me trouver pour avoir une explication, une vue objective des choses... Quel est donc leur but ?

- Vous compromettre et, par vous, nuire aux vieilles familles dont les enfants sont vos pénitents, et, au-delà, nuire à ce collège dont les partisans du Petit Père Combes [3] veulent la disparition : un scandale les arrangerait tellement ! Et c'est pourquoi, en dehors de la sympathie que vous m'inspirez, je vous ai prévenu : si vous rencontrez le Procureur, vous ne serez pas pris au dépourvu ... »

Le Préfet remercia très vivement :

- Voyez-vous, dans ma profession, comme dans la vôtre, on rencontre tant de gens qui cherchent le mal et le projettent autour d'eux, que voir quelqu'un qui croit au bien et à l'honnêteté est un grand réconfort !

---

[3] Emile Combes (1835-1921), médecin, ancien séminariste, devenu sénateur et président de « La Gauche Démocratique ». Entré au ministère de l'Instruction publique en 1895, il devint Président du Conseil en 1902 et mena une politique anticléricale qui aboutira en 1905 à la Séparation de l'Eglise et de l'Etat.

C'est bien ce que je cherche à faire comprendre à mes élèves, et surtout à ceux dont je suis le directeur de conscience : ayez confiance en Dieu : certes, l'homme est pécheur, mais, dans le Christ, il peut être un saint, s'il sait aimer ! »

Le Président eut envie de lui dire que cette profession de foi paraîtrait sulfureuse à ses ennemis ... Mais, à quoi bon : il était prévenu, à lui de jouer...

XX.

Le Préfet prévenu, le Président chercha à lui faire rencontrer le procureur, mais par hasard, bien sûr, et en terrain neutre. La réception de la Comtesse de S... le permit, et, entre deux coupes de champagne, dans la grande salle du château, les deux hommes se reconnurent : la prudence de l'un, l'habileté de l'autre ... L'épouse du Procureur parut enchantée du Père de Saint-Léger : « Quel dommage que nous n'ayons pas d'enfants, c'eût été un plaisir de vous les confier ! »

En sortant avec le Président, le procureur, montant en voiture, lui confia qu'après son entretien avec le Préfet, l'accusation lui semblait de plus en plus suspecte : « C'est un élément de valeur pour le Collège, et résolument conservateur ... vous avez raison, c'est là son plus grand crime ! »

XXI.

Revenu chez lui, dans le grand salon que la lumière des flambeaux agrandissait encore, assis, comme deux mois auparavant à son bureau, le président songeait au chemin parcouru ... Avant la visite de Monsieur Bénard Du Tertre, sa vie s'écoulait calme et paisible et son métier lui apparaissait relativement simple : la loi, sans doute, a besoin d'être interprétée et adaptée aux circonstances et à la personne que l'on juge, mais, généralement, la solution s'imposait après une étude sérieuse du dossier.

Ici, les points de repères habituels se dérobaient : était-ce une affaire réelle, ou une machination politique ? L'atmosphère lourde de cette période électorale, l'anticléricalisme sectaire de quelques-uns, la maladresse des autres, rendaient obscures les choses les plus simples et les faits se coloraient si différemment selon la vision que l'on avait des arrière-pensées des uns et des autres ! On en arrivait, et le Président en convenait, à attacher plus d'importance au contexte qu'aux faits eux-mêmes ...

Mais quels faits ? L'avocat des Roulleau, qui était pourtant franc-maçon lui aussi, doutait de leur réalité ! Par contre, on ne pouvait douter de la réalité des troubles que provoquerait l'inculpation du Préfet dans le contexte actuel ! Entre un doute et une certitude, mieux valait cette dernière ! Après tout, la justice est, non seulement la sauvegarde des individus, mais de la société.

Non, le Président n'avait pas à regretter ce qu'il avait tenté pour éviter un scandale... Mais, au fond de lui-même, que pensait-il ? Il devait s'avouer que, d'instinct, entre Saint-Léger et Roulleau, il avait choisi le Père ... Même s'il n'avait aucune certitude de son innocence, il ne pouvait imaginer un seul instant qu'il eût jeté son dévolu sur ce gros lourdaud de Jules ! C'était trop invraisemblable !

Par contre, l'accusation voilée de Madame Roulleau sur les relations particulières de Marc et d'Henri – entre eux, et, peut-être, avec le Père – était, elle, plus vraisemblable. L'attitude des garçons, lorsqu'il leur avait recommandé la prudence, l'avait alerté ... Mais, si cela était, il devenait encore plus nécessaire d'empêcher le scandale d'éclater ! Maître Bénard l'avait bien compris : s'il avait été plus sûr d'Henri que lui-même l'était de Marc, aurait-il déployé ce zèle ? En ce domaine, la plus élémentaire prudence conseille de se garder d'acquérir des certitudes !

Qu'importe, après tout, si les garçons font leurs premières expériences de cette façon ... Dans notre société, ils ne peuvent, en aucun cas, approcher les jeunes filles : faut-il leur souhaiter le bordel ? Le Président, sincèrement, ne le croyait pas. Pour beaucoup de parents – comme pour son épouse, d'ailleurs -, il n'y a pas de problème : les enfants sont des anges de pureté, et demeurent innocents jusqu'au mariage ! Cette fiction arrange tout le monde, pourquoi ne pas la conserver ? Le président n'y voyait aucun inconvénient, à condition de ne pas lui demander d'être dupe ... après tout, il avait eu quatorze ans, lui aussi !

XXII.

Le même jour, l'avocat reçut Madame Hortense, tandis que le Président donnait audience au capitaine de gendarmerie. La forme était différente, le fond, semblable : Jules fréquentait bien la maison close ... Bien entendu, à l'insu de Madame Hortense ! Ce qui n'avait pas empêché cette dernière d'assister à ces ébats par la glace sans tain qui lui servait à surveiller les clients douteux. Elle confirmait que le garçon n'était pas mieux nu qu'habillé et que la petite Henriette avait fort à faire pour obtenir un raidissement, suivi aussitôt de la conclusion ... Le rapport du capitaine était plus sobre, mais la conclusion demeurait la même : le gamin fréquentait la maison close !

Bien sûr, cela posait un problème, car Madame Hortense aurait dû surveiller mieux son établissement et faire chasser ce mineur. Mais le capitaine ajouta que les filles l'avaient assuré que Jules entreprenait Henriette sur la voie publique et que celle-ci avait cru, de l'intérêt des familles, qu'il valait mieux que les choses se passent dans une maison bien close, à l'abri des regards indiscrets ...

Le Président approuva cette attitude, sans doute peu juridique, mais justifiée par le souci de la décence publique. Il ajouta qu'il gardait le rapport confidentiel sous le coude et félicita le militaire :

- Voilà une mission remplie avec beaucoup de tact : je ne manquerai pas de faire savoir en haut lieu que vous êtes l'homme des missions difficiles. Monsieur le Préfet du département saura qu'il a en vous un élément d'élite qui mérite mieux que notre petite ville…

Maître Bénard Du Tertre fut aussi louangeur avec Madame Hortense : il savait « qu'il pouvait faire confiance à son cœur et à son intelligence ». Il l'assura qu'avec cet élément nouveau, elle devenait intouchable.

Le président et l'avocat étaient aussi satisfaits l'un que l'autre. Ils convinrent de garder leurs renseignements secrets, sauf pour le procureur : le capitaine porterait au procureur un rapport plus succinct, établissant seulement que, dans le cadre de l'enquête habituelle de la gendarmerie sur la prostitution, il avait été constaté que le mineur Jules R… avait des relations intimes avec une prostituée, Mademoiselle H…

Le procureur félicita, lui aussi, le gendarme de sa discrétion et, muni de ce rapport, alla trouver Hippolyte Dubois qui somnolait dans son bureau. Le procureur, après avoir exposé les différents aspects de l'affaire, conclut qu'il avait envisagé un non-lieu, mais qu'il avait craint une réaction de Monsieur Roulleau dont l'influence politique était importante.

- Mais, » ajouta-t-il, « le ciel nous comble et voici un rapport de gendarmerie qui tombe à point pour nous rassurer sur d'éventuelles interventions de Monsieur Roulleau : remuer cette affaire serait compromettre son fils et ridiculiser sa famille aux yeux de tous. Souvenez-vous que Madame Roulleau préside la « ligue pour l'ordre moral » ! Vous voyez le scandale ! »

Hippolyte Dubois semblait beaucoup s'amuser :

- Quelle histoire ! La droite et la gauche compromises, nos chers enfants proies du vice et de la luxure ... Le parti ouvrier, heureusement à peu près inexistant ici, triompherait ! Oui, vous avez raison, un non-lieu s'impose. Pour le principe, je verrai le Père Préfet discrètement. Je prononcerai ensuite le non-lieu et, pour que Monsieur

Roulleau ne proteste pas, je remettrai à son avocat, confidentiellement, copie du rapport... Il en fera une tête, ce cher Bénard ! »

XXIII.

Par son secrétaire, l'avocat avait demandé à Monsieur Roulleau de le venir voir, seul, pour des raisons qu'il lui expliquerait. À peine arrivé, Monsieur Roulleau attaqua :

- Et alors, ce procureur, que fait-il ? » Maître Bénard l'arrêta :

- Justement, cher ami, j'allais vous en parler : il faut oublier cette affaire... »

Le marchand de fer faillit s'étrangler de fureur :

- Et pourquoi donc ?

- Parce que celui dont le témoignage est à l'origine de la plainte n'est plus crédible - laissez-moi parler – et risque d'entraîner un scandale pour toute votre famille ! Votre fils Jules est l'amant d'une prostituée, et un rapport de gendarmerie, que le Procureur a bien voulu garder sous le coude, à ma demande, constate sa présence dans le lit de cette putain ... Vous pensez, qu'après cela, ses accusations de jeune puceau ne sont plus crédibles ... Imaginez aussi l'effet d'une telle nouvelle sur les bigotes qui aident votre chère Eugénie dans sa croisade pour l'ordre moral et la décence du faubourg ! Pour vous-même, qui êtes à la veille d'être élu sénateur, qu'en penseront vos amis qui se vantent d'être plus vertueux que les calotins ? Qu'en pensera votre loge, cher ami ? Non, croyez-moi, il faut tout oublier. »

Monsieur Roulleau était atterré ; il avait assez d'expérience politique pour savoir que l'avocat avait raison : sa carrière politique était en cause et, si le scandale éclatait, rien ne le sauverait ... Pourquoi avait-il suivi les conseils de son épouse ... et cet imbécile de Jules ... Il ne l'emporterait pas en Paradis !

L'avocat comprit qu'il avait gain de cause et voulut l'apaiser :

- Vous savez, comme moi, que la loi de séparation va être votée : les congrégations seront dissoutes ou expulsées. Vous aurez triomphé sans procès, cela vaut mieux encore !

- Vous avez raison, la République laïque a vaincu ces fanatiques ... peu importent mes problèmes personnels : il ne faut penser qu'au triomphe de la laïcité et à la défaite de la réaction ! Mais assurez-vous que le Procureur enterrera ce rapport ...

- Je m'en porte garant : il ne tient pas à un scandale qui, fatalement, mettrait en cause les bonnes familles dont il est issu ! Et il connait trop l'influence que vous avez dans les ministères pour négliger de vous rendre un service si facile pour lui ... »

ÉPILOGUE

Madame Roulleau partit en Bretagne chez ses parents, après une scène mémorable : elle laissait à la colère de son mari le temps de se calmer ... Jules, sévèrement fouetté – par son père, et en présence de sa mère -, partit à Angers, pensionnaire au lycée. Le Procureur et Maître Bénard Du Tertre reçurent la Légion d'Honneur.

Le Loi de Séparation de l'Église et de l'État votée, et les Congrégations dissoutes, le Père de Saint-Léger partit avec ses collègues en Italie. Mais, la rentrée suivante ayant vu s'ouvrir, avec l'aide des principales familles de la région, une institution libre, le Père revint, ayant obtenu du Pape sa sécularisation[4], et reprit son poste dans les

---

[4] Le clergé séculier comprend les prêtres en paroisses, les évêques, les cardinaux, etc ... et le terme de « clergé régulier » s'applique aux membres d'un ordre religieux. Un religieux « régulier » peut être mis « en congé de l'ordre » donc être « sécularisé ».
Après la promulgation de la Loi de 1901 sur les associations, les ordres religieux durent obtenir une autorisation pour continuer à exister. La loi du 7 Juillet

nouveaux locaux, avec le titre de censeur, à la grande joie de Marc et de son ami Henri. Et Monsieur le Président put reprendre, sans soucis, le cours de ses méditations : « *Bienheureux les artisans de paix, car ils verront Dieu...* ».

Novembre 2012

1904 interdit l'enseignement aux congrégations et celle du 9 décembre 1905, présentée par le député socialiste Aristide Briand, proclama la laïcité, l'état confiant la maintenance des lieux de culte aux associations cultuelles.

MIXTE
Papier issu de sources responsables
Paper from responsible sources
FSC® C105338